Det bimler og bamler
- vendepunkter

Udgivelser af forfatteren

Romaner
Hemmeligheder. BoD
Tab og vind. BoD

Vendepunkter
6 Rub og stub. BoD
5 Revl og krat. BoD
4 Det bimler og bamler. BoD
3 Det knirker og knager. BoD
2 Bulder og brag. BoD
1 Himmel og hav. BoD

Pædagogik
Pædagogik – refleksion og faglighed. Reitzels Forlag
Case – situationsbeskrivelser. Systime
Pædagogikkens 7 forhold. Semi-forlaget
Udviklingsarbejde – hvordan. Semi-forlaget
Forældresamarbejde – en uvant praksis. Rokkjærs forlag
Nej til folkeskolen? Ja til ansvar. Borgens Forlag

Åge Rokkjær

Det bimler og bamler
- vendepunkter

Det bimler og bamler
2. udgave
© 2021 Åge Rokkjær
Omslag og opsætning: Åge Rokkjær og Niel Rokkjær
Forlag: BoD – Books on Demand, Hellerup, Danmark
Tryk: BoD – Books on Demand, Norderstedt, Tyskland
ISBN: 9788743032816

Vendepunkter

Der berettes om hændelser, følelser, oplevelser, un-
dren, stillingtagen, optagethed – alt sammen fragmen-
ter fra og omkring mit liv.

Vendepunkter har derfor en betydning for mig,
som naturligvis kun giver mening for dig, hvis du
kan se meningen. Men ellers er det bare at læne
dig tilbage og indleve. Det giver vel også god me-
ning.

God forstyrrelse
Åge Rokkjær

Engang

– HAR DU FÅET VINTERDÆK?
– NEJ, JEG HAR BARE SPIST
FOR MEGET HER I JULEN!

Nulte klasse

Da jeg kom i skole,
var jeg ikke større
end tobak for en skilling.

Skoletasken
med pennalhus
og madpakke
var større end mig.

Pennalhuset
havde viskelæder,
lineal
og flere blyanter
end min alder.

Madpakken
var med æble
bananer, rosiner
og en håndmad
for meget.

Pinligt

Bo har en so.
læste Finn,
som jeg sad
ved siden af.
Underligt!
tænkte jeg,
der ikke vidste
hvad en so var.
Jeg anede,
det var for pinligt
at spørge.

Der hang et kort
på den ene væg.
Danmark passede
lige op i Norge.
Jeg anede,
det var for pinligt
at spørge.

Jeg skulle tisse
men holdt mig dog
til det ringede ud
til frikvarter.
Jeg anede,
det var for pinligt
at spørge.

Krig

I kælderværkstedet
skabte mine to ældre brødre
sværd til kamp mod fjenden
fra Markedsgade.
De savede i krydsfiner
og satte læderremme til skjolde.

Jeg savede også løs
men desværre også
i mine fingre.
Skynd dig over til mor!
var rådet.
Så jeg spænede over brostene
hvor vi havde spillet stenkugler.
Du skal på hospitalet!
sagde mor
til min hånd under vandhanen.
To klemmer blev der sat i,
og så skulle der igen saves.
Krigen var jo i gang.

I dag er der krig
på iPad og playstation.
Her er der ingen
mulighed for
at save sig i fingrene.

Vand

Vi havde et stort akvarie
vist nok med
gubbier og sværdfisk.
Det stod på kommoden,
hvori al vores rene tøj
var stuvet af vejen.

En skuffe var trukket ud.
Min store storebror
satte sig på skuffen
for at komme
i øjenhøjde med mig.

Og så var det at
kommoden tippede
og akvariet fulgte med.

Jeg husker stadig lyden
af sprællende fisk
mod vandet der flød
på gulvbrædderne.

Nogen tid efter stoppede
vi afløbet på badeværelset til
med lokumspapir
og fyldte terrassogulvet med vand
så vi kunne lege med skibene.
Det var heller ikke populært.

Drengestreger

Vi gravede et stort hul i jorden.
Lagde brædder,
en presenning og jord over.
Såede radisser
og lavede et periskop,
så vi kunne se fjenden.

Vi lavede flitsbuer
af den tids gardinstænger
af asketræ
og købte pile med
fjer og bronzespids.
Skød efter halmskiven
der stod op ad hækken
hvor vores verden sluttede
men det gjorde pilen ikke.
Den strøg gennem hækken
over vejen og sad fast
i genboens garage.
Så flyttede vi skiven.

Vi lagde en pung ud på fortovet.
Når nogen stoppede op
stod vi bag hækken
og trak i kinesertråden
så pungen forsvandt.
Ha ha ha
hvor var det sjovt.

Hanne

Hanne og Grethe
stod der og spurgte
om jeg ville med
til sangkorsfesten.

Det ville jeg da gerne.

Nå, men så skulle jeg vælge
mellem Hanne og Grethe.

Så vælger jeg Hanne!
svarede jeg
uden betænkningstid.
Hanne
var den sødeste
i klassen.

Et jazzband spillede op.
Der var et trommesæt
men ingen trommeslager.
Med årene
havde jeg lært at spørge.
Så jeg spillede
og spillede
og spillede.

Hvem fulgte Hanne hjem?
Det gjorde Finn.

Søgang

- DET ER EN 4-HJULS TRÆKKER.
- DET MINDER MIG OM HENDE
  JEG VAR SAMMEN MED I GÅR.

Brandert

Biler sættes i brand
af bander og bøller.

Bølger af brande
i byerne.

Bilbrande
skaber frygt og bæven.

Det bimler og bamler.
Brandbiler på vej
med brandslanger
og brandmænd.

Volvoer slukkes med vand.

Vredens vandalisme
søges slukket
med forbandelser
og brudte løfter.

Frygten
søges slukket
med overvågning,
bål og brand.

Skærsild

Når man i 1519 gik i kirke
fik man en på opleveren
ved at kigge op.

Her blev fårene skilt fra bukkene
De frelste blev taget af engle,
nogle på brysterne.
Af djævle med tænder
og tungen ud af munden,
med narrehat
og fuglekløer
blev synderne
ført ind i gabet
på det ildsprudlende monster.

Et hint til
hvad der ventede én
på dommedag.

Judas, der dingler i et reb.
Slanger, sex, vold
og liderlighed.
Joh – her var noget at lære.

Og skulle det gå helt galt for én
var der heldigvis en smutvej.
Og den hed aflad:
*Når pengene i kisten klinger
straks sjælen ud af skærsilden springer.*

Så til Søs!

Endelig en kvinde der har let til latter,
når vi som bror og søster går og pjatter.
Nærværende, lydhør og god til smil
og slet ikke bange for at løbe en mil.

Du farer godt nok rundt
og lever ganske sundt
for manden sørger for maden
for opvask og hele balladen.

Utroligt så hurtigt tiden går,
og vi har kendt hinanden i alle de år
Jeg ved at du kan li'
at skyde en golfbold fra tee.

Gevinster og pokaler
i din turban daler.
For du er lidt af et jern
men ofte temmelig fjern.

For du holder nemlig ferie
på græsplæner med sytten huller
rundt i alle mulige lande.
Og så er det jeg må sande:

At du er temmelig skrap
selv med et handicap.
At kvinder også kan slå
et slag helt ud i det blå.

Søs er på den

Når Søs er på,
er karrieren ikke på standby.
Hun kommunikerer og snakker
med sikker udstråling.
Hun er lydhør
og har øjenkontakt.

Hun bemærker
især de små detaljer
og overlader gerne
de store linjer til villige mænd.
Smart glider hun af
på tekniske spørgsmål
med et hvorfor og hvordan.

Søs spejler
smil og kropssprog.
I smalltalk reagerer
hun hjemmevant
og spørger gerne til børn
og interesser.

Lederposter står klar
for blomster trives
I hendes fodspor.
Børn og bleer må vente
til ørnen er landet.

Til Søs

Ørnen er landet
med Søs blandt andet.
Nu går det hjemad
til danske mellemmad,
for foråret kommer
og snart er det sommer ... i Danmark.

Og så er det tiden
og længe siden,
jeg igen skal møde
hende den søde
og grine og hygge
og sige stort tillykke ... til Søs

Jeg er ganske tilfreds,
for alderen 69
er hverken en stilling
eller jordens hældning.
For selv om tiden går
er hun et dejligt skår ... i mig.

For Søs er min kvinde,
der bor herinde.
Min feminine side
der skal fremmes i tide.
Mangler dog blot en rollemodel,
så jeg fuldt ud kan være ... mig selv.

Afgang

Bananfluer

Der sidder syv på mit vinglas.
Hver af dem er ikke større
end et knappenålshovede.
De kravler gudhjælpemig
lodret op og ned i mit glas.
Hvordan kan de det?
De har hjerte, lunger og alt muligt.
De kan finde min vin -
uanset hvor jeg stiller den.
Når min hånd nærmer sig glasset
flyver prikkerne væk
hurtigere end jeg kan fange dem.
De skider pletter på mit vindue,
så de må da have mund og tarme.
Hvordan helvede kan det hele være
i et knappenålshovede?
Og så har de vinger
og flere ben end mig.
Og *før* mig finder de altid frem til
hvor jeg sidst stillede mit glas.
De dør af mødet med fluesmækkeren.
Enkelte er heldigere at drukne i vinen.
En eller anden form for sex
må de have haft,
for der kommer altid flere
end jeg slår ihjel.
Hvordan fanden kan man være så lille bitte
og så have hele den samlede pakke?
Har de mon tænder?

Ulve

En ældre jæger
skal straffes for at have skudt
en ulv.
Det er *ikke* en invasiv art,
idet vi indtil for 200 år siden
havde den gående
i levende live i Danmark,
hvor den sidste hanulv
åd føl, grise, svin og kalve.
EU fredning
og naturelskere forsvarer ulven
men ikke jægeren, der skød den,
fordi den åd hans mad.

Nu skal der hegn
ved grænsen til Tyskland,
så vilde svin
ikke kan komme ind i Danmark
og smitte vore egne svin.

Så var det lige jeg tænkte,
om vi måske tidligere
har haft den slags svin i Danmark,
for så er det jo *ikke* en invasiv art.

En invasiv art er en art,
der *ikke naturligt har boet i Danmark
siden sidste istid,* skriver miljøstyrelsen.
Så nu blev jeg *ikke* det klogere.

Udvælgelsen

Ulven må gerne
leve i Danmark.
Men
rotten
dræbersneglen
myggen
og hvepsen
må ikke.

Havde vi haft
kobraslanger,
tigre
og krokodiller
i Danmark
siden sidste istid
måtte de godt
leve i Danmark.

Er udvælgelsen
at man skal have *boet naturligt
i Danmark siden sidste istid*
så er vi godt nok mange
der skal udvises.

Istiden sluttede jo
år 10.000 f.kr.
Og jeg kom først hertil
for ganske nylig,
helt unaturligt.

Bersærkergang

Træsprit

Jeg vidste ikke
at planeterne er lavet af
stjernestøv
men havde nok min mistanke.

At planeter bliver født i
dampe af *træsprit*
kom dog helt bag på mig.
Og så endda for kun
4,6 milliarder år siden.
Og det tog vel lidt tid
at få æltet sprit og støv om
til en fuldvoksen
rund planet.

Er der så noget at sige til
at nogen af os ind imellem
får tømmermænd?

Ind i kampen

Spis havtorn
og helligbrøde,
oblater
og syndsforladelse.
Opdater dig selv.
Læg fortiden bag dig!
Kan du se pointen?

Ubevægelig.
Uskubbelig.
Ikke til at få af vejen.
Mindste detalje
skal reflekteres.
For hver detalje
er en del af helheden.

Mellemrummene
må også medtænkes.
For mellemrum
er et rum
mellem to øjeblikke.
Ud af suppedasen.
Ind i kampen.

Lev i fremtiden

Jeg kan roligt rejse
med de førerløse tog og fly
for jeg har en lille chip
i min lille finger.
Den indeholder rejsekort,
mit pas og boardingspas
som scannes automatisk
når jeg passerer dør og gate.
Mine gener er redigeret,
så jeg ikke kan blive syg.
Jeg er konstant i kontakt med *Siri*,
så jeg ved alt.
Ser jeg et andet menneske
er mine øjne udstyret
med ansigtsgenkendelse
og viden om personen.
Mit kunstige hjerte
holder mig i live,
så jeg kan løbe en marathon
når jeg vil.
Hvis jeg dør
kan jeg få uploadet
min bevidsthed
til en computer.
Eller blive frosset ned
til minus 196 grader.

Og så var det jeg overvejede,
om jeg skulle leve i fremtiden.

Tankens kraft

Bare ved at tale
kan jeg tænde og slukke
for mit smart-tv,
skrue op og ned for lyden
og skifte programmer.

Så det er vel ikke utænkeligt
at jeg alene ved tankens kraft
kan flyve en flyvemaskine.
Jeg skal nok bare
have styr på
hvad jeg tænker.

jeg har tit drømt
at jeg kunne flyve
bare ved at baske
med armene,
så jeg er måske allerede
godt på vej.

Jeg har ganske vist også drømt
at jeg stod af bussen
og først da opdagede
at jeg havde glemt
både mine bukser
og mine underhylere.

Superman

Når jeg bliver født i fremtiden
vil jeg være Superman
og have implanteret
en kognitiv protese
med udvidet hukommelse,
hvor enhver
af mine 100 milliarder neuroner
ved hjælp af
kemiske transmitter
spiller sammen med
hukommelseskortet.

Musklerne er blevet optimeret
og øjnene er tilført røntgensyn
og tilkoblet videnscenteret
og facebook,
så jeg ved alt om alle.
Min hud er genmanipuleret
så jeg ikke er til at skyde igennem
og jordens tiltrækning er ophævet,
så jeg kan flyve
med god samvittighed
uden CO_2 udledning.

Jeg har altid
følt mig ufuldkommen
og mangelfuld,
så det vil jeg se frem til.

Ægte skab

Forelskelse er måske ganske sundt
for hjernen snurrer rundt og rundt.

Tilknytning - det er hovedsagen
og sammenhold med år på bagen.

Ægteskab giver for mig kun mening,
når der fuldt ud er arbejdsfordeling.

I sengen skal vi tage os en tørn;
men konen skal føde vores børn.

At blive skilt er ingen sag.
Man går blot på nettet i dag.

Så deles vores tingeltangel.
Åh shit hvor der er boligmangel.

Intet stjernestøv og ingen tiltro.
Har kærlighed måske - en udløbsdato?

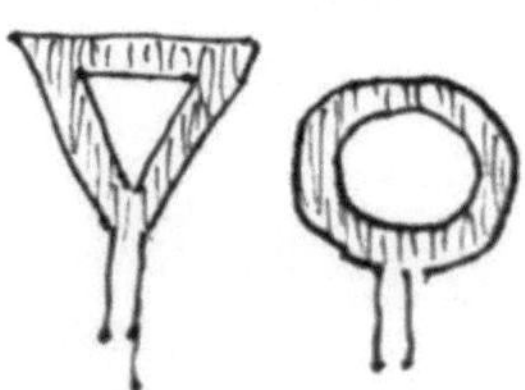

Opsang

- DU HAR IKKE HAFT
NOGET UHELD?
- JO, SVIGERMOR
VILLE GERNE HAVE
EN TUR.

CO$_2$

Jeg forstår ikke
hvordan CO$_2$ belaster klimaet.

Jeg forstår ikke
hvordan man kan lagre CO$_2$
i huller i jorden.

Jeg forstår ikke
at en flytur til Thailand
belaster klimaet med 4 tons CO$_2$

Jeg forstår ikke
at det svarer til 11 kg oksekød.

Jeg forstår ikke
hvordan man kan veje CO$_2$

Jeg forstår ikke
hvordan man kan regne ud
at jeg udleder 17 tons CO$_2$ om året

Men jeg forstår heller ikke
hvordan jeg kan snakke i mobil med en i USA
eller
hvordan jeg kan se alle mulige kanaler i TV
eller
eller …

Måske er jeg ikke den eneste.

Klimaskyld

CO_2 får skylden
for hedebølger,
oversvømmelser,
tørke og orkaner.

En ko og en bil
og tøj og et fly
udleder CO_2
der kan måles i kilo og ton.
Det er noget andet med
fodspor og cykelture.

Vil jeg spare
fire ton CO_2
kan jeg vælge
at droppe
en flytur til Bangkok
eller droppe en ko.

Hov vent lige …
så vidt jeg husker
udånder jeg CO_2.
Hvis jeg nu holder op
eller holder vejret,
hvor meget CO_2
har jeg så sparet?

Bombesikker

Da far var ung,
byggede man beskyttelse
mod atombomber
og radioaktivt nedfald,
samlede forråd
og overlevelse
til mange år
under jordens overflade.

I dag
skal vi beskytte sig
mod cyberangreb,
fake news og hacking,
ulovlig brug af persondata,
identitestyve,
telefonsælgere
og tidsrøvere.

I fremtiden
skal jeg beskytte mig
mod dræberrobotter,
droner og orkaner,
oversvømmelse
tørke og solstik,
total overvågning,
og førerløse ledere.

Kloge Åge

Nu skal jeg fortælle dig om Åge.
Åge var en helt almindelig fyr.
Men han var jo en af de der kloge
fra han vågned' vakte han postyr.

Vennerne de blev så trætte af det.
Det han spurgte om var noget værre pjat.
Tit han spurgte bare for at snakke:
Hvorfor, hvorfor dit og hvorfor dat?

Hvorfor er der altid krig i verden?
Hvorfor skyd' hinanden halvt ihjel?
Hvorfor er der ufred her på jorden?
Hvorfor kan vi ikke passe os selv?

Hvorfor stiger alle verdens have?
Hvorfor er der plastik i min sko?
Hvorfor har jeg kviksølv i min mave?
Hvorfor forurene i Hobro?

Hvorfor er jeg altid overvåget?
Hvorfor se mig nøgen, se mig skide?
Mon ham Trump har knald i låget?
Sorte penge kan de vaskes hvide?

Hvorfor er der nogen der går og lider?
Hvorfor må de køer ikke prutte?
Hvorfor drikke vand med pesticider?
Hvorfor er niqabber mon forbudte?

Hvorfor spise kød og sådan noget?
Hvorfor skære huller i en vandmelon?
Spis et æble hvad gør jeg af skroget?
Hvorfor er der stadig korruption?

Hvorfor har en iPad ingen øre?
Hvorfor ta'r jeg aldrig mere med toget?
Hvorfor kan mobiler ikke køre?
Hvad er hashtag egentlig for noget?

Men en dag blev det hans venner alt, alt for meget.
Åge fik fingeren, og Åge tog den med hjem i seng.

Hvorfor er der ingen der kan se det?
Hvorfor er der ingen skulderklap?
Hvorfor gør de ikke noget ved det,
når jeg skærer alting ud i pap?

Afskærmning

Den røde lampe lyser,
når jeg kigger på en skærm!

Pas på -
for det er sværere at sige stop
end at røre en finger og din egen krop!

Pas på –
for det er dig den hæmmer,
når bukesremmen klemmer!

Pas på –
for skærmen bestemmer
over tanker, liv og lemmer.

Pas på –
for du bliver let en skærmtrold,
når du er i skærmens vold.

Bør jeg ...
Skal jeg ...
Kan jeg ...
Vil jeg ...
skærme mig
mod skærme?

Fremgang

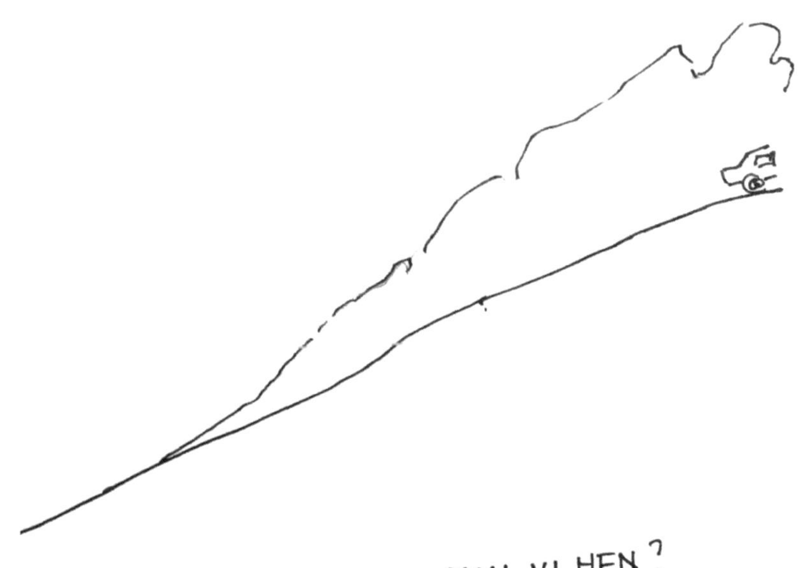

Fremtidssikret

Fremtiden
er kommet
for at blive.

Man kan
fremskrive fortiden
for at aflure
fremtiden.

Jehova forudser dommedag.
Astrologer lægger horoskoper.
Musk kommer til Mars.
Nogle kommer i Paradis.
Af jord skal du igen opstå,
mens andre reinkarnerer som fortjent,
kommer til Nirvana
eller indgår bare
i den kosmiske ligevægt.

Min fremtid
er der ikke så meget af,
så det er tid at vælge.
Hvis jeg ikke vælger,
er jeg på Herrens Mark.
Det sikreste må være
at fremskrive fremtiden
for at se hvad der sker.

Grænser

Du er grænsesøgende.
Nu er grænsen nået.
Nu går du over grænsen.
Du er grænseløs.

Der skal være en grænse.
Ligesom der er grænser for
hvor meget du kan spise.

Moraler sætter grænser.
Nationer sætter grænser.

Grænser må ikke overskrides.
Hertil og ikke længere.
Går du over grænsen,
er der øretæver i luften.

Grænser er noget mennesker sætter,
tænker jeg.
For universet har jo ingen grænser!
Eller har den?
Og hvad er så straffen,
hvis grænserne overskrides?

Der er grænser for
hvad jeg ved.
Så derfor vælger jeg
at overveje mine grænser
og mine begrænsninger.

Deletanker

At undres over verden
er alle forundt.
Selv jeg går rundt
og tænker tanker.

At verden forandres
er alle bekendt.
Så nu går jeg rundt
og tænker nye tanker.

Dem skriver jeg ned
på min egen computer – ja ja da
for ikke at glemme
og husker at gemme.

Nu har jeg rigtignok
tænkt mange tanker
som jeg gerne med andre vil dele.
Og det er nok meningen med det hele.

At dele sine tanker
er vigtigere end før
da medier tager over
så man er ved at blive skør.

Rettigheder

Jeg er født med rettigheder
da jeg er et menneske.
Det har FN bestemt
i 30 artikler,
der ikke fylder mere end
en avisside.

Det gælder også enhver af jer
400.000
der fødes
hver dag
i hele verden
uanset farve,
race,
religion,
sprog
og hvor køn og rig du er.

At blive født med rettigheder
betyder dog ikke
at du altid har ret.

- DET SIGES AT SEX
ER KOMMET FOR
AT BLIVE.

- JEG MENER NU
AT DET ER TØRST !

Massen slår til

En ikke helt
uforpligtende
fortælling
om mit liv
med
Massen.

... læs den
gerne med dit
store barn
og barnebarn.

... tilegnet
Masserne.

Indstilling

- Sikke en fin udsigt! sagde Massen med begejstring i stemmen.
- Det siger de alle sammen, svarede jeg uden begejstring.
- Kan man se til Sverige? spurgte Massen.
- Det afhænger af, om man har øjnene åbne eller lukkede!
- Ha, ha, ha, ha! grinede Massen og omformulerede sit spørgs-mål: Er det Sverige, det man kan se derude?
- Det er Kina, svarede jeg.
- Hvor er du heldig at bo så højt oppe. Er du ikke bange for at falde ud over altanen? spurgte Massen.
- Nogen gør det frivilligt!
- Hvor er du dog ... øh ja ... negativ, udbrød Massen og fik øje på min cykel, der stod ude på altanen. Hvorfor står den her? spurgte han forundret.
- Ellers bliver den stjålet, svarede jeg lettere irriteret over alle hans spørgsmål.
- Stjålet? gentog han.
- Ja, kan du ikke forstå at det er svært at få en stige op i tolvte sals højde.
- Hvor er du ... øh ja ...

For at undgå flere spørgsmål stak jeg ham et digt. Egentlig var det en gåde, og gåder har det i sig at man skal tænke sig om for at løse dem.
- Massen, sagde jeg, det er en gåde.

Kigger du ned
kan det svimle.
Springer du ud
vil du himle.
Hvor er dog det sted?

Kører du op
må der trykkes.
Trykker du stop
straks det lykkes.
Hvor er dog det sted?

Gætter du høj
brænder tampen.
Gætter du hus
slutter kampen.
Hvor er dog det sted?

- Himmelbjerget! svarede Massen straks, det er Himmelbjerget.
- Fidusen ved en gåde, sagde jeg, er at man skal tænke sig om
for at løse den. Nu laver jeg en kop kaffe, mens du tænker dig
om, hvis du kan.
- Hvor er du … øh ja …

På min vej ud i køkkenet hørte jeg ham mumle:
- Det første *er* altså Himmelbjerget. Det andet er en raket. Det
tredje er måske …

Da jeg kom ind med kaffen, var Massen faldet i søvn i min bed-
ste lænestol. Massens ansigt sov i meget tænksomme folder.

Gåden var for meget for ham. Massen var meget træt for tiden
skal det nu siges til hans forsvar. Han var nemlig blevet arbejds-
løs. Egentlig var han ingeniør, men nu var han altså arbejdsløs,
og det kan man godt blive træt af.

Af og til kom Massen på besøg, når jeg var færdig med skolen.
Han kunne nemlig ikke holde ud at være derhjemme hos konen.
Man går hinanden på nerverne, når man sådan går op og ned
ad hinanden dag ud og dag ind, plejede Massen at udtrykke det,
når han var vågen.

Jeg skænkede kaffe op til mig selv og satte mig ned. Jeg tog det
digt frem, som Poul havde stukket mig i hånden, da jeg var på
vej ud af klassen efter sidste time. Poul går i den sjetteklasse,
som jeg er klasselærer for. Han havde skrevet:

Hvis du snupper linje 19,
holder tungen lige i midten,
kører med den ud til enden,
hører buschaufførens skænden,
ser en fregnet dreng og pige
skal du ud af bussen stige.

Ser du huse af beton
hver af dem på tusind ton,
hvor man køkkener stabler op
15 styk fra bund til top.
Så er du på rette vej
Gråt i gråt det leder dig.

Hvis du kommer klokken 5
ser at de er kommet hjem –
alle disse mange biler,
der på gummihjul sig hviler,
og som fylder hele pladsen
ja, så er du på adressen.

Hvis du ikke er forhindret
kan du nå at gå i centret.
Se at alle følger skikken:
"Put i kurve til musikken".
Se en mor der går og slæber
på sin lille dreng, der flæber.

Går du så til første blok,
den hvor Frede fik et chok
(han hørte skriget sidste år,
hørte klasket, du forstår
… mor med barn. (Vi husker mordet).
Ja, så er du klart på sporet.

Her i første blok vi bor
mig og så min lillebror
og så Rikke, Kaj og Anne,
Frede, Frode og Suzanne.
Jens - ja alle dem fra klassen.
Så, nu kender du adressen.

Med et grynt vågnede Massen op.
- Hvornår hænger dit liv i en tråd? spurgte han.

- Altid, svarede jeg.
- Forkert! sagde han glad. Prøv igen.
- Jeg giver op, svarede jeg.
- Dit liv, sagde Massen langsomt og betydningsfuldt, hænger i en tråd, når du kører i elevator. Efter en lille pause og med et listigt smil på læben fortsatte han: Den kunne du nok ikke regne
..
- Tag en kop kaffe, afbrød jeg ham.
Mens han skænkede op af den efterhånden kolde kaffe, sagde jeg: Du, Massen, må jeg læse et digt for dig?
- Pføj, svarede Massen, hvorfor laver du altid kold kaffe? Og så bider du negle – det må man ikke.
- Må jeg læse et digt for dig, gentog jeg.
- Selvfølgelig, svarede han.
Og jeg læste:

> Vaske op og ikke pille
> Kigge fjernsyn være stille
>
> Spise pænt og børste tænder
> Gøre det vi alle kender
>
> Give hånd og neje rigtigt
> Være sød for det er vigtigt
>
> Lege pænt og ikke grise
> Rydde op og ikke fnise
>
> Støve af og rede senge
> Sige tak til lommepenge

Ikke hoppe ikke danse
Tag og leg med lille bamse

Ikke hoppe, ikke bande.
Mon de voksnes ord er sande?

- Det er nemlig rigtigt, sagde Massen, de må ikke bande. Det siger jeg også altid til mine unger. Og så spørger du, om de voksnes ord er sande. Børn har godt af at få at vide, hvad de skal rette sig efter. Tror du ellers, vi er blevet til det, vi er blevet? Tror du? Tror du? Tror du?

Massen var højt oppe, men jeg kunne ikke dy mig:
- Du er blevet arbejdsløs, Massen, sagde jeg.
- Arbejdsløs, skreg han, arbejdsløs, tror du måske det er min skyld?
- Det har jeg aldrig sagt, svarede jeg så roligt som muligt. Jeg sagde at du måske skulle have bandet noget mere, for så var du ikke blevet arbejdsløs. Måske skulle du have lært at være knap så artig, lært at pille lidt ved systemet og sådan.
- Du er skør, sagde Massen.
- Må jeg give dig et råd, Massen?
- Ja, selvfølgelig, sagde Massen, det er jo dig der bor her.

Jeg valgte at overhøre den sidste bemærkning og læste:

Når du er oppe
sæt dig pænt ned og glo
for så er du voksen
det vil man da tro

Når du er oppe
sæt dig pænt ned og spis
for så er du voksen
sig nej til en is

Når du er oppe
sæt dig pænt ned og snak
for så er du voksen
husk ryg lidt tobak

Når du er oppe
sæt dig pænt ned og hyg
for så er du voksen
så glad og så tryg

Når du er oppe
tag og husk dette råd:
Alle de voksne
sku' vågne til dåd!

- De er gode dine digte, sagde Massen, for de rimer.
- Indholdet! sagde jeg, indholdet er altid det vigtigste.

Massen faldt lidt hen i sine egne tanker.

- Her, Massen. Tag en smøg.
- Tak, sagde han og fortsatte efter at have taget sig et ordent-
ligt sug: Jeg skulle altid sidde pænt som lille, kan jeg huske.
Tror du virkelig, jeg har taget skade af det?

- Ja absolut, svarede jeg. Du er blevet en artig 33-årig dreng.
- Du er skør, sagde Massen. Hvorfor skal du altid være så … ja nega...

Jeg havde rejst mig og stod nu på hænder op ad køkkendøren.
- Prøv om du kan, Massen.
- Det kan man da ikke, sådan op ad køkkendøren.
- Du tør ikke, sagde jeg.
- Hvad skal det også gøre godt for? spurgte Massen.
- Blodomløbet, sagde jeg og rejste mig rød i hovedet.
- Du er jo helt rød i hovedet! sagde Massen.
- Det beviser jo netop at det er godt for blodomløbet.
- Tværtimod, sagde Massen, det er ikke rart at være rød i hovedet, for …
- Kom nu. Du må godt. Der er ikke nogen, der griner ad dig.

Massen sprang pludselig op, lod hænderne stryge ned mod gulvet og benene fare opad. Med et ordentligt brag drønede han sine 75 kilo ind i min køkkendør. Dér hængte han et øjeblik klistret fast og klaskede så fuldstændig sammen, så jeg troede han skulle brække nakken. Der var sorte striber efter hans gummihæle over hele min hvide køkkendør.
- Undskyld, Massen. Jeg tog fejl. Du turde godt.

Massen lod som om han ikke havde brækket noget. Med et spring var han kommet op og hoppede nu rundt som en anden bokser med et skævt grin. Han sagde – allerede lidt forpustet:
- Med lidt træning, du, så skal det nok gå, med lidt træning.
- Sæt dig pænt ned, Massen, så henter jeg os en øl. Og så skal jeg læse et digt mere for dig. Jeg skrev det, da jeg var 12 år. Jeg hentede øllene og læste op:

Nu skal vi besøge tante
som har strikket mig en vante.
Jeg har ikke lyst og siger:
Jeg vil hellere se en tiger!

Nu skal vi i sommerhuset
op at høre havets brusen.
Jeg har ikke lyst og siger:
Jeg vil hellere se en tiger!

Jeg får skænd af far og mor:
Du blev bare 12 i fjor,
Så det nytter fedt du siger:
du vil hellere se en tiger!

Æv og bæv hvad kan det nytte
Jeg ku' ta' og holde bøtte.
Jeg det alt for ofte glemmer,
det er de voksne der bestemmer.

Men fra Peter har jeg hørt
noget temmelig sikkert skørt
Ja, han sagde det i skjul
Man ku' ønske sig til jul:

Et familieråd der kører,
så man på hinanden hører.
Hvor det nytter at man siger:
Jeg vil hellere se en tiger.

- Det kan du have ret i, sagde Massen. Det er de voksne der bestemmer. Sådan skal det efter min mening også være. Men hvad er det for noget, det der du snakkede om, familieråd var det vist. Det er da en skør idé. Hvornår skulle jeg få tid til at holde møde derhjemme?
- Du er jo arbejdsløs, Massen, så du har jo tid nok, sagde jeg.
- Nåh ja, men alligevel, forsvarede Massen sig. Kan du ikke se, hvis mine tre unger slår sig sammen, så kan de jo hele tiden nedstemme os.
- I kunne jo snakke lidt om det, sagde jeg og fortsatte. Det er jo ikke altid sjovt at være den, der skal vaske op.

Jeg havde ramt Massens ømme punkt. Han sagde:
- Det har du sgu ret i, ærlig talt. Hver dag skal jeg stå med den skide opvask, du. Det er skide uretfærdigt.
- Så prøv at indkalde til familieråd, sagde jeg.
- Det vil jeg gøre, sagde han beslutsomt.
- Jeg synes ellers lige før, at du ikke ville holde familieråd.

Massen rejste sig, så på sit armbåndsur og sagde på vej ud af døren:
- Nå, jeg må gå nu, klokken er mange. Jeg kigger op i morgen, du.
- Massen, sagde jeg, skal du ikke bære din kaffekop og ølflaske ud inden du går?
- Nåh jo, selvfølgelig, det havde jeg nær glemt.

Massen bar sine ting ud og sagde:
- Vi ses. Og forsvandt ud af døren.

Massen var god nok.

Stuen føltes lidt tom, nu da Massen var gået. Massen og jeg havde gået i skole sammen. Jeg havde altid kaldt ham Massen, fordi jeg ikke kunne få mig selv til at kalde ham Ibrahim, som var hans fornavn. For mig var Ibrahim en hest. En gang var jeg kommet til at kalde ham Ibrahim, hvorefter jeg kom til at grine, så tårerne trillede ned af kinderne. Det blev han selvfølgelig smæk-fornærmet over, så siden den tid har jeg altid kaldt ham Massen.

Massen kunne lide at mine digte rimede, så jeg tænkte at jeg hellere måtte skrive nogle flere, der rimede. For eksempel om skolelæreren, der skriver hjem, når børnene har været uartige i skolen. Dem ville Massen garanteret kunne lide.

Fra *skolen* kom et brev
hvori skolelæreren skrev:
Hvis Rikke hun vil strikke
så må hun altså ikke!

Fra hjemmet kom et brev
hvori Rikkes far han skrev:
Jeg talte just med Rikke.
Det var til skolelæreren, ikke.

Fra *skolen* kom et brev
hvori skolelæreren skrev:
Så glemmer vi det bare,
der er fred og ingen fare.

*

Fra *skolen* kom et brev
hvori skolelæreren skrev:
Hvis Frode han skal rode,
så køb ham en kommode!

Fra hjemmet kom et brev
hvori Frodes mor hun skrev:
Jeg talte just med Frode.
Vi køber en kommode.

Fra *skolen* kom et brev
hvori skolelæreren skrev:
Ja, sådan kan han lære
ordentlig at være.

*

Fra *skolen* kom et brev
hvori skolelæreren skrev:
Når Frede han er fræk,
så er han alles skræk!

Fra hjemmet kom et brev
hvori Frodes mor hun skrev:
Du kan tro at vi var vrede
Men hvad gør han dog dernede?

Fra *skolen* kom et brev
hvori skolelæreren skrev:
Jo, han siger dette slemme
at elever skal bestemme.

Fra hjemmet kom et brev
hvori Fredes mor hun skrev:
Mon I Frede kunne lære
lidt ansvarsfuld at være?

Fra *skolen* kom et brev
hvori skolelæreren skrev:
Ansvar lærer han på skolen
for at sidde pænt på stolen.

*

Forestilling

Men Massen kom ikke de næste syv dage. Jeg savnede ham ærlig talt lidt. Der er jo ikke noget ved at skrive digte for sin egen fornøjelses skyld. Massen skulle høre dem.

Jeg havde skrevet yderligere tretten digte. To af dem rimede ikke, så jeg var spændt på, hvad Massen ville sige om dem. Jeg tog mobilen frem for at ringe til Massen, men samtidig ringede det på døren.

Der stod dejlige Massen, rødhåret, fregnet og let skelende som sædvanlig.
- Jeg har savnet dig, sagde jeg til ham og lagde an til at give ham en krammer.
- Jeg skal snakke med dig, sagde han og fór forbi mig hen til altandøren. Fin udsigt, du har. *Er* det Sveri...
- Hvad vil du snakke med mig om? afbrød jeg nysgerrigt.

Pludselig vendte han sig om imod mig, lagde sine fregnede hænder tungt på mine skuldre og så mig dybt i øjnene. Hans skelen fik mine øjne til at flakke.
- Tak! sagde han.
- For hvad? spurgte jeg.
- Det der med familierådet. Jeg prøvede det. Det var en god idé, du.

Massen havde tårer i øjnene, da han fortsatte:
- Vi snakkede sammen, du. Vi snakkede sammen!

Jeg havde aldrig før oplevet, at Massen havde taget mig alvorligt, så jeg blev ærlig talt lidt rørt.

Jeg lagde også mine hænder på hans skuldre og sagde:
- Du er god nok, Massen. Sæt dig nu ned, så henter jeg to glas portvin.
- Vi skal stå på hænder! sagde han.
- Godt, sagde jeg og skelede hen til striberne på køkkendøren. Pludselig syntes jeg de så pæne ud.
- Men først skal vi have os et glas portvin! sagde jeg på vej ud i køkkenet.
- Jeg har øvet mig! lød det inde fra stuen.
- På hvad? spurgte jeg.
- På at stå på hænder!
- På hvad? sagde jeg højt, idet jeg opdagede at jeg ubevidst havde lukket køkkendøren næsten i.
- På at stå på hænder. Jeg er blevet helt god til det...

Et øjeblik følte jeg helt dårlig samvittighed, så jeg hældte lidt ekstra portvin op i glassene.

- Skal jeg hjælpe? lød det inde fra stuen.

Massen er blevet et helt nyt menneske. Ingen tvivl om det! tænkte jeg med glassene i hånden, mens jeg gjorde mig klar til at skubbe døren op med foden.
- Bang! sagde det.
Uden at jeg vidste af det var døren røget op. Jeg nåede lige at se et glimt af Massen i dørsprækken og høre ham sige:
- Skal jeg?

Glassene røg bagover, så jeg fik al portvinen ned over mig. Glassene knustes med et brag mod gulvet.
- Dav, Massen! sagde jeg.
- Hvad skete der? spurgte han overrasket.
- Ingenting, jeg tabte bare glassene.
- Jamen, du er jo helt våd.
- Det gør ikke noget. Jeg tager bare tøjet af. Sæt du dig bare ind, Massen, så ordner jeg det her.

Jeg fejede glasskårene op, tværede en klud over gulvet og hældte to nye glas portvin op. Min skjorte og bukser var våde, så jeg tog dem af. Iført sokker som der mærkelig nok ikke var sket noget med og underbukser kom jeg ind i stuen med de to glas.
- Nu skal vi feste! sagde jeg.
- Jeg er ked af det der, sagde Massen og så skiftevis på mine sokker og mine underbukser. Jeg sagde:
- Du ville jo bare hjælpe, Massen. Du ville samarbejde – ikke sandt?
- Jo, sagde Massen, men glassene?
- Dem vandt jeg i en tombola sidste år. Der findes ingen dyre glas her. Skål Massen.

Vi skålede. Jeg satte mig og rakte ud efter et stykke papir.

- Nu skal du høre, hvad vi havde ansvar for, da vi gik i skole. Forestil dig, at vi sidder på vores pladser i skolen.
- Kom bare med det, sagde Massen. Jeg er parat.

Jeg læste:

Vi sidder stille, ja vi gør
Læser lektier når vi bør
Holder bøgerne i orden
Løber aldrig ud af porten
Holder altid rent i klassen
Falder aldrig ned fra pladsen
Kommer også tit til tiden
Åbner bogen ser på siden
Vi gør alt
hvad læreren vil
så ansvar
kender vi skam til.

- Det fik jeg ikke rigtig fat i, sagde Massen. Måske fordi du sidder
og læser op i sokker og øh – og øh – underbukser.
- Dem har jeg jo altid haft på, når jeg læser op, Massen. Du har
bare ikke lagt mærke til det før nu.
- Det er jo ikke helt på samme måde, sagde Massen og rykkede
et rødt hår ud af næsen.
- Det er nye tider, Massen, nye tider.
- Ja, det forstår jeg godt. Vi kan sende raketter til månen nu. Det
kunne vi ikke dengang. Gider du læse det sidste igen?

Jeg læste det sidste igen:
- Vi gør alt hvad læreren vil, så ansvar kender vi skam til.
- Ha, du vrøvler! sagde Massen idet han kneb øjnene lidt sam-
men og lagde hovedet overbevisende på skrå.
- Du vrøvler, gentog han. Man lærer da ikke ansvar ved bare at
gøre det, læreren siger. Kan du ikke se det?

- Du har jo ret, Massen. Man lærer ikke ansvar ved bare at gøre det, som læreren siger.
- Det der med ansvar er meget vigtigt, sagde Massen meget langsomt og fortsatte:
- Ingen frihed uden ansvar!
- Godt, Massen. Hør så her. Vi gjorde altid som læreren sagde …
- Ikke altid, afbrød Massen. Vi røg på toilettet.
- Tag en smøg og hør efter, sagde jeg bestemt. Jeg er ved at bevise noget. Du sagde "Ingen frihed uden ansvar" …
- Ja, sagde Massen. Det har jeg hørt fra min mor, som …
- Hold kæft Massen. Jeg er ved at bevise noget.
- Du sagde "Ingen frihed uden ansvar". Det betyder i virkeligheden, at hvis man *ikke* har haft ansvar, så har man heller ikke haft frihed. Vi har *ikke* haft frihed, Massen …
- Nåh, det vil jeg nu ikke sige …
- Hold kæft, Massen, afbrød jeg skarpt, så forklarer jeg det igen langsomt: *Man lærer ikke ansvar ved at gøre som læreren siger.* Vi har altid gjort som læreren vil. Altså har vi ikke haft ansvar. Når vi ikke har haft ansvar, har vi heller ikke haft frihed. Kan du ikke se det, Massen. Jeg har bevist at vi *ikke* havde frihed, fordi vi *ikke* havde noget ansvar.

Massen sad med fingeren i vejret.
- Ja, så er det din tur, Massen.
- Er det også sådan i dag, at eleverne ikke har noget ansvar? Er det det, der er i vejen?
- Massen, du er genial. Det hele begynder med at man uddeler ansvar, at læreren giver ansvarsområder fra sig.
- Det forstår jeg altså ikke, sagde Massen.
- Så lad mig forklare det igen. Det er nye tider, Massen, nye tider. Det er vigtigere end at sende folk til månen. Eleverne skal have

ansvar for noget, så vi skal først og fremmest give dem noget at have ansvaret for.

Massen drak det sidste portvin.
- Mere portvin, Massen! sagde jeg og drønede ud i køkkenet efter portvinsflasken og skænkede op til os begge.
- Der er fest. Skål Massen.
- Det ser altså fjollet ud, at du står der kun iført sokker og underbukser.
- Rigtigt, Massen, et øjeblik.

Jeg strøg ind i soveværelset og tog et gammelt slips på.
- Rigtigt, Massen, når der er fest, skal man have slips på. Vil du høre et digt mere?
- Ja, gerne, svarede Massen og satte sig til rette i lænestolen.
- Tænk så over, mens jeg læser det, om elever kan tage ansvar for undervisningens indhold!

STILLE! siger læreren til os alle.
I skal høre om grisen Nalle-Skalle.
For *det* i må jer interessere,
så I kan vide noget mere.

Hvem er skoleinspektøren? spørger Rikke.
Kan han også lide at strikke?

STILLE! siger læreren til os alle.
I skal høre om hønen Ville-Valle.
For *det* i må jer interessere,
så I kan vide noget mere.

Hvem er skolepsykologen? spørger Frode.
Har han også fået en kommode?

STILLE! siger læreren til os alle.
I skal høre om koen Mulle-Malle.
For *det* i må jer interessere,
så I kan vide noget mere.

Hvad er en skolesekretær? spørger Frede.
Er det én der slikker tæer hernede?

STILLE! siger læreren al den spørgen.
I skal høre om drengen Spørge-Jørgen.
For *det* i må jer interessere,
så I ikke spørger mere.

- Det er oplagt, at du gør grin med læreren, der vil lære dem om grise, høns og køer.
- Jamen, kan du ikke se, forsvarede jeg digtet, som jeg syntes var et godt digt. Kan du ikke se at læreren ved at fylde på med grise, høns og køer sørger for, at ungerne ikke kommer til orde.
- Jeg synes altså at ungerne er frække, sagde Massen. De forsøger at ødelægge undervisningen i stedet for at høre efter.

Jeg løb ud i køkkenet efter vand og hældte det op i Massens tomme portvinsglas. Til mig selv skænkede jeg portvin.
- Skål, sagde jeg og hævede glasset.
- Jeg bryder mig altså ikke om at skåle i vand, sagde Massen genert.

- Du vil altså gerne være med til at bestemme, hvad indholdet skal være?
- Ja, jeg har da ikke noget imod et lille glas portvin mere.
- Det skal du få! sagde jeg og byttede om på mit og hans glas.
- Så skal du jo drikke vand, indvendte Massen. Kan du ikke tage lidt af portvinen?
- Du vil altså gerne være med til at bestemme at også jeg skal have et lille glas portvin? spurgte jeg.
- Det er da festligere, når vi begge skåler i portvin.

Lynhurtigt fik jeg smidt vandet ud vandet ud i køkkenvasken og skænket portvin op.
- Skål, Massen! Du synes det er dejligt at være med til at bestemme indholdet, ikke sandt?
- Jo, grinede Massen og blinkede med det ene øje.
- Skål! sagde han.
- Skål! Sagde jeg igen og blinkede indforstået til Massen.

Vi drak.

Omstilling

- Jeg skal tisse, sagde Massen. Må jeg låne toilettet?
- Du kan bare tisse i altankassen. Blomsterne trænger til at blive vandet.
- Du er skør, sagde han og forsvandt ud på toilettet.
Jeg valgte at læse videre i de næste digte imens og nåede dette:

> Vi lærer om STORE generaler,
> om Moses der på bjerget taler
> Jens han går og praler.

> Vi lærer om STORE STORE krige,
> at til himlen kan man stige.
> Lis er Basses pige.

> Vi lærer om KÆMPE runestene,
> om at træer de har grene.
> Jeg er helt alene.

> Vi lærer om kæmpe KÆMPEhøje,
> om en konge uden øje.
> Jeg har hul i min trøje.

> Vi lærer om GAMLE stenalderhytter,
> om de gule mælkebøtter.
> Jens han går og spytter.

Time efter time alle lytter.
Ingen spørger dog hvad det nytter.
Kaj til Valby flytter.

Og nåede også dette:

På den hvide væg en tavle.
Ikke kigge på din navle.
På den anden kæmpe vinduer.
Pille næse spise vindruer

Glo på vægge malet hvide.
Tie stille, ikke bide.
Der er loft og der er stole.
Løfte op i Lenes kjole.

Spredt på gulvet tretten borde.
Deres ben er alt for store.
Og et bord som er kateder.
Væg til væg er otte meter.

Vor gardiner de er hvide.
Kaj skal tisse, Lis skal skide.
Hov det ord kom til at smutte.
Lis skal bare ud og prutte.

Det er stedet hvor vi dagligt
hører alt hvad der er fagligt.
Hvis her rødt og gult blev malet
lignede det ej hospitalet.

Og nåede også dette:

Vi må ikke være inde,
selv når regnen slår os blinde.
Vi må ikke spille bold,
den ku' ramme Karlas knold..
Ikke lege på toilettet,
tænk hvad der kunne ske med brættet.

Vi må ikke slås med næver,
så er der bare en der flæber.
Vi må ikke lege med vandet,
det må drikkes ikke andet.
Vi må ikke slås med sne,
tænk dog på hvad der kunne ske.

Ikke klatre op i noget,
vi kunne få et hul i hovedet.
Ikke dit og ikke dat
drømte jeg forleden nat.
Det har os for længe plaget.
Derfor har vi netop klaget.

Nu venter vi på svaret –
det har rigtig længe varet.
I drømme alting klares,
der kom det gudbevares.
Der står så her i brevet:

- Den klage I har skrevet,
  Den kan vi godt forstå.

Derfor vil vi foreslå,
hvad der har ligget os på sinde.
Nu skal I stakkels børn
have lov at være inde.

Det larmede i hele huset, da Massen skyllede ud efter sig. Og nu vaskede han hænder... Joh, man kunne rigtigt følge med. Man kunne også tydeligt høre, når man skyllede ud ovenpå. Man kunne også høre, hvis de borede ind i væggen et eller andet sted. Borede de tæt på, kunne man lige så godt gå en tur med det samme. For det var ligesom at være til tandlæge, og det var det værste, jeg vidste. Mest på grund af prisen.

Jeg havde aldrig selv boret hul i betonen. Jeg kunne ikke nænne det. Jeg kunne være skyld i at en skifteholdsarbejder ikke fik sin tiltrængte søvn. Eller værre endnu. Hvis naboen havde tømmermænd kunne jeg være skyld i at han fik sig et nervesammenbrud, hvis jeg borede.

Af samme grund havde jeg heller ingen billeder på væggene. Det så unægtelig lidt tomt ud, men jeg var et fredeligt menneske.

Jeg havde heller ingen radio, men det var nu heller ikke nødvendigt, for der var altid én der spillede så højt, at jeg kunne høre de sidste nyheder på P3. Det var jo unægtelig til min fordel, når dem, der spillede højt, hørte det samme program.

Jeg nåede lige at stille lidt ost og knækbrød frem og var i færd med at skrue låget af en billig Irma-rødvin, da Massen kom tilbage.

- Nå, du har rigtig stillet an, sagde han. Først portvin, så rødvin. Ja, der er nogen, der kan.
- Vi skulle jo feste, sagde jeg. Dem der har, bør også dele med dem der ikke har. Det er et retfærdigt system. Vi burde alle deles om livets goder.
- Ved du hvad? sagde Massen og fik alvorlige rynker i panden.
- Ja, svarede jeg, du er bekymret.
- Mens jeg sad derude på toilettet, kom jeg til at tænke på …
- Jeg troede ellers folk var blevet vænnet af med at tænke, afbrød jeg, men fortrød i samme øjeblik. Undskyld, hvad tænkte du på?
- Jeg tænkte på, om det er retfærdigt at nogen har arbejde i dette samfund, mens andre ikke har?
- Det er uretfærdigt, sagde jeg, absolut uretfærdigt. Vi har et råddent system.
- Hvor er du negativ, svarede han.
- Drik nu. Vi skal feste. Så læser jeg et sjovt digt for dig. Jeg tror du vil synes om det. Jeg læste det langsomt med tryk de rigtige steder. Jeg ville have Massen til at grine.

Jeg har ingen madkasse
- og ærlig talt
det er ikke spor skægt
at opdage
at ens madder
ligger der
uden papir
klemt ud
i bunden af tasken.
MIN æggemad
tværet ind i danskbogen.

MIN leverpostej
smasket rundt om pennalhuset.
MIN ostemad
kravlende op i regneheftet.
MIN makrelmad
klistrende sig fast
til biblioteksbogen.
Åndssvagt
at jeg smed MIN taske
i hovedet på Kaj
og ud over gelænderet
fra tredje.

Nå et lille smil fik jeg da lokket frem, og jeg tror end ikke han opdagede at det ikke rimede.

- Har du et kærlighedsdigt? spurgte han.

- Alle mine digte er kærlighedsdigte, at du ved det. Hør bare her; men inden jeg læser det, skal du vide at der er kommet en ny karakterskala siden vi to gik i skole. Vi havde indianerskala-en eller UG-skalaen, som den hed. I dag har man Mini-James Bond-skalaen eller 003 skalaen. Og en hel moderne én er på vej, som jeg ikke tror vil få nogen succes alene på grund af navnet fempunkt-skalaen eller AE-skalaen. Tro det om du vil, Massen, selv karakterer følger tøjmoderne. Nu skal du høre om karakte-ren 03.

- Svarer den til UG? Spurgte Massen.

- Der er ingen sammenligning mulig. Men skal du endelig sam-menligne, svarer det til røven af fjerde division. Er du klar?

Det var Massen, så jeg læste:

Jeg fik 03 i dansk,
kan jeg så lære spansk?
Jeg fik 03 i tysk
kan jeg så lære jysk?
Jeg fik 03 i fysik
kan jeg så stå på en fabrik?
Jeg fik 03 i geografi
kan jeg så stå på ski?
Jeg fik 03 i det hele,
kan jeg så andet end skele?

- Det kan du ikke være bekendt. Massen var tydeligvis ked af det.
- Hvad for noget?
- Det sidste, sagde Massen.

Pludselig kom jeg i tanke om at jeg havde berørt et meget ømt punkt hos Massen. Han var lidt skeløjet. Jeg vidste ikke rigtigt, hvordan jeg skulle redde den og smed sokkerne og begyndte at nulre mine tæer.
- Det kan man da ikke! sagde Massen.
- Det er zoneterapi, forklarede jeg. Smid sokkerne så skal jeg tage dig lidt på din tyktarm. Jeg kan også helbrede dig for dine menstruationssmerter ved at rode med dine fødder.
- Du er skør, sagde Massen. Han virkede lidt forvirret.
- Jeg har et digt om at drille. Vil du høre det? spurgte jeg ham.
Massen svarede ikke.
- Hvis jeg nu tager sokkerne på igen, vil du så høre det.
Massen nikkede. Jeg tog sokkerne på og læste:

Når jeg råber:
Frede næse piller
bussemænd han triller.
Synes du så vel,
jeg Frede driller?

Når jeg råber:
Niller går med briller,
han dem på tuden stiller.
Synes du så vel,
jeg Niels Jørgen driller?

Når jeg stille putter
I nakken ned en bille
så Johanne får en dille!
Synes du så vel,
det er at drille?

Når jeg snitter
i bordet ind en rille,
så lærerinden får en dille!
Synes du så vel,
det er at drille?

Kaj er smadderdum
I øret han *mig* kilde
Med blyant ih du milde
Synes du så ikke,
DET et at drille.

- Du driller, sagde Massen. Du driller – det er, hvad du gør.
- Fortæl, Massen, sagde jeg imødekommende.
Massen tav.
- Fortæl, Massen, så skal jeg nok rette mig op.

Jeg tog mig i at rette min ryg helt ud. Jeg ville nødigt gøre det sværere for Massen.
- Kan du ikke tage noget tøj på! sagde Massen og kiggede ned i gulvtæppet.

Jeg ville nødigt afvise Massens kritik, men en forklaring var nødvendig.
- Massen. Lige før du kom, puttede jeg al min tøj i vaskemaskinen. Du vil vel ikke have at jeg skal gå ned i vaskekælderen sådan her? Jeg er nødt til at vente på at portvinen er tørret ind.

Jeg kom i tanke om noget.
- Et øjeblik, sagde jeg og gik ind i soveværelset. Kort efter kom jeg tilbage iført en alt for lille pyjamas.
- Er det bedre? spurgte jeg forsigtigt.
Massen nikkede.

Jeg skruede låget af endnu en Irma-vin og skænkede op.

Massen havde altid jakkesæt og hvid skjorte på. Jeg lagde mærke til at han rettede lidt på sit slips, da jeg kom i pyen.
- Du er fin i dag, Massen, sagde jeg alvorligt.
- Ja! svarede jeg – og jeg mente det.
- Tak, sagde han.

Jeg så et lille smil bag hans velplejede, røde skæg. Massen var en fin fyr, selv når han var arbejdsløs.

- Kan du huske, da vi skrev frække ord på lokumsdøren? spurgte jeg.

- Jeg har aldrig skrevet frække ord på toiletdøren! indvendte Massen.

- Undskyld, Massen, men var det ikke dig, der fik en sveder, fordi gårdvagten snuppede dig i at skrive på lokumsdøren?

- Der er jo ingen grund til at ribbe op i det, svarede Massen.

- Du har altid været ærlig, Massen. Det er det, jeg bedst kan lide ved dig.

- Nåh, svarede Massen.

- Hvis der er frihed her i landet, har man vel også ret til at skrive det man vil – uden at få en sveder for det.

Uden at vide af det stod jeg lige pludselig oppe i sofaen med hævet, knyttet næve og råbte:

- Fy-ordene længe leve. Stol på egen kraft. Om de så er skrevet på en lokumsdør.

- Du er fuld, sagde Massen.

Jeg sank ned på sofaen.

- Vil du gøre mig en tjeneste, Massen, og læse dette digt højt for mig.

Jeg rakte ham det. Og Massen begyndte at læse, men allerede i tredje vers gik han i stå.

- Jeg kan ikke, sagde han.

- Så lad mig, så kan du læse det næste digt i stedet for, sagde jeg og læste forfra:

Løfte op i Lenes kjole
sende fjollet grin til Ole
rykke lidt i Lises fletning
kigge i den anden retning

Hoppe ind i sjippetovet
lade som om man er forlovet
skrive kærestebrev til Hanne,
Karen, Maren og Suzanne

Kigge i et pornohefte
vise frem et dolkeskæfte
kigge ind ad nøglehullet
ser at Lis har hår på hullet

Pille ind i pigers WC
skrive "pik" hvor man kan se det
skære hjerter ind i døren
skrive Rikke ælsker Søren

Skrive bolle, skrive sex
Tror at frøkenen bliver perpleks
hvis hun ser de frække ord
ser os lege far og mor

Spytte langt og fange Hanne
Bytte æggemad med Sanne
Gå på æblerov med Palle
To delfoler har de alle

Massen havde ingen kommentarer til digtet, men rystede på hovedet til det faldt af. Jeg rakte Massen det næste digt. Han kiggede det løst igennem først, rømmede sig og læste:

Kors hvor læreren dog blev sur
da vi sagde til ham:
Du skulle have et vækkeur
så du kan komme til tiden

Kors hvor læreren dog blev vred
da vi sagde til ham:
Tag og læg de bukser ned
de stumper hele tiden.

Kors hvor læreren dog blev mut
da vi sagde til ham:
Du skulle købe dig en sut
du ryger hele tiden.

Kors hvor læreren dog blev flad
da vi sagde til ham:
I skægget har du æggemad -
nej ikke der, på siden.

Kors hvor læreren dog blev gal
da vi sagde til ham:
Du er ikke genial
du snakker hele tiden.

- Kan du se, at der er noget galt, Massen. Der er lige lavet en undersøgelse om, hvor lang tid læreren når at snakke med den enkelte elev. Ved du hvor lang tid det er om året?
- Næh, nej.
- Prøv at gætte!
- Hm, hvor lang tid læreren har til at snakke med den enkelte elev om året? gentog Massen og gnubbede skægstubbene eftertænksomt.
- Ja!
- Du mener, når han ikke underviser?
- Ja, når han ikke underviser.

Massen tænkte sig godt om.
- Det er svært, sagde han. Da vi gik i skole snakkede læreren faktisk aldrig med mig alene.
- Det er nye tider nu, Massen. Bedre tider. Hvor meget vil du skyde på?
- En halv time om ugen, skød Massen.
- En halv time om ugen giver 100 timer om året, eftersom der er 200 skoledage.
- Ja, jeg skyder på 100 timer om året, skød Massen.
- Det er knap så meget, hvis man ellers kan stole på undersøgelsen.
- Hvor meget så, spurgte Massen.
- 37 minutter er det rigtige svar.

- 37 minutter? På et år? Massen var højlydt forbavset.
- Ja, sagde jeg og trak ned i de alt for korte pyjamusbukser. For-
står du. Alt er bestemt på forhånd: skemaet, indholdet af timer-
ne, ringklokken, det alt sammen. Der er ikke noget at snakke
om, forstår du.
- Jamen de skal jo også lære noget, sagde Massen, at læse, skri-
ve og regne og sådan noget. Det tager jo tid alt sammen.
- Ja! Og gymnastik og fysik. Og jeg fortsatte: Og matematik og
husgerning og sløjd eller håndgerning og engelsk og tysk og kri-
stendom og formning og historie og biologi og geografi. Elever-
ne i syvende klasse har 13 forskellige fag.
- Det vidste jeg ikke, sagde Massen forundret. Var det virkelig
så meget?

Her gik samtalen i stå. Jeg skænkede op i glassene, tog mig en
slurk af vinen og pillede lidt ved mine alt for korte pyjamasær-
mer og valgte så at smøge dem op til albuen. Massen kiggede
eftertænksom på sit armbåndsur som om det var gået i stå og
åbnede munden flere gange for ligesom at sige noget, men for-
trød. Efter flere tilløb lykkedes det:
- Hjemme hos os har vi altid haft hver vores at lave. Kirsten laver
maden. Jeg vasker op og støvsuger. Ungerne skal holde orden
på deres værelser. Kirsten ordner resten. Det vil sige, jeg ordner
bilen og haven. Hvis noget går i stykker er det også mig. Og så
ordner Kirsten tøjet. Vi behøver ikke at snakke sammen mere.
Hver har jo sit at lave.

Her holdt Massen en pause og trak vejret dybt.
- På det der familieråd, vi havde forleden. Der snakkede vi sam-
men, du, som vi aldrig før har gjort. Vi fandt ud af at skiftes lidt
til at gøre tingene og at lave noget af det sammen i stedet for
hver

for sig. Ungerne ville gerne lave mad, så nu skal jeg hjælpe den største, og Kirsten skal hjælpe de to mindste en gang om ugen.

Massens kinder var blevet røde og hans øjne lyste mens han gestikulerede med hænderne:

- Vi *har* prøvet det. Det var skægt, du, sådan at gå ud og handle sammen – og så lave mad sammen. Alt er blevet anderledes. Sjovere. Man bliver glad. Det er lidt svært at forklare, men det betyder især noget for mig, når man nu sådan går og er lidt arbejdsløs, sagde Massen.

- Du er god nok, Massen, sagde jeg. Der sker noget med én, når man får medbestemmelse. Når man ligesom snakker sig til rette.
- Nemlig, sagde Massen. Jeg tror, du forstår hvad jeg mener. Der sker ligesom noget i én. Man bliver ligesom et nyt menneske.

Massen sprang pludselig op.
- Nu vil jeg stå på hænder, sagde han.
- Massen! Køkkendøren! Råbte jeg advarende.

Jeg havde set at køkkendøren stod på klem. Men Massen nåede ikke at høre mit råb. I en flot bue stod han perfekt oppe på hænderne og knaldede så benene ind i køkkendøren der åbnede sig med et brag. Hans ene ben satte sig fast i køkkendørens håndtag.

Jeg sprang op og frigjorde hans ben fra håndtaget.
- Rolig, sagde Massen, nye tider er på vej, nye tider, du.

Jeg lagde mig ned på køkkengulvet ved siden af Massen.
- Du har ret, Massen.

Og så skete det. Pludselig grinede vi. Og vi kunne ikke holde op.
Tårerne løb ned af kinderne. I et kvarter grinede vi, tror jeg.
- Plejer du altid at sove på køkkengulvet i din lille pyjamas.
Og så grinede vi igen i et kvarter.

Hvordan vi holdt op, ved jeg ikke; men jeg tror nok at mavekneb
og ondt i kæberne gjorde sit til at det måtte holde op af sig selv.

- Vil du høre et alvorligt digt, Massen?
- Et alvorligt digt? sagde Massen helt alvorligt.
Og så grinede vi igen et kvarter. Forstå det, hvem der kan.
- Ja, det vil jeg gerne, sprutlo Massen.
- Så hent det, jeg ligger lige så godt.

Gulvet stank af portvin.
- Man bliver helt fuld af at ligge her, sagde Massen.
Og så grinede vi igen.

På et eller andet tidspunkt havde jeg fået fat i digtet og begynd-
te at læse højt:

       Med tasken i hånden
       kurende ned af gelænderet
       forlader jeg skolen
       gennem cykelkælderen.
       Automatisk låser jeg
       cykellåsen op,
       hiver cyklen fri af stativet.
       Ser et par af kammeraterne.
       Råber: HEJ

med et let hovedkast bagud
som man nu gør
når man siger farvel.

Den ene fod på pedalen.
Afsæt med den anden
som jeg nu plejer
uden at tænke over det.
Men hov
STOP
Hvad er nu det?
Piftet?
Begge hjul er flade.
Piftet –
ingen tvivl om det –
for begge ventiler mangler.
Og latteren
er ikke til at tage fejl af.

Og så er det jeg tænker:
Hvorfor?
Og hvorfor lige mig?

- Ja, sagde Massen. Det er et alvorligt digt. Men noget kærlighedsdigt er det nu alligevel ikke.

Og så grinede vi igen.
- Jeg skal lave et kærlighedsdigt til dig, et rigtigt et, lovede Massen.
- Et ord er et ord, sagde jeg.

- Du skal nok få det, forsikrede Massen. Det er et spørgsmål om tillid. Man skal have tillid til hinanden.
- Fryser du, Massen? Skal jeg hente en dyne.
- Av for da Søren, råbte Massen. Jeg har fået et glasskår i rø... øh numsen.

Pludselig røg Massens arm i vejret. Jeg troede, jeg skulle have en på gokken og trak mig automatisk tilbage.
- Klokken, råbte Massen og så på sit armbåndsur. Jeg skal af sted. Jeg skal lave mad med den største.

Massen strøg op og fór ud af døren: Han nåede lige at sige:
- Hej, du. Vi ses.

Jeg kravlede på alle fire, fik fat i papir og blyant, lagde mig tværs over sofabordet og skrev:

       Vi vil lære medansvar
       Det er vores kommentar
       Vi vil også lidt bestemme
       Ellers kommer vi i klemme

       Vi vil lære godt at læse
       Snakke sammen blive hæse
       Vi vil lære godt at skrive
       Lægge råd og enig blive
       Vi vil lære godt at regne
       Hjælpe alle – også Kaj

       Vi vil lære medansvar
       Det er vores kommentar

Vi vil også lidt bestemme
Ellers kommer vi i klemme

Jeg hylder folkeskolen, når den oprigtigt erklærer:

Derfor skal
hele skolens dagligliv
bygge på åndsfrihed
og demokrati.

- Mit vasketøj, råbte jeg og fór ud af døren, så striberne var ved
at falde af min alt for lille pyjamas.

Slutstilling

Et par dage efter fik jeg et brev fra Massen. Indeni lå et digt. Et kærlighedsdigt.

Jeg læste det med bankende hjerte:

> Det eneste jeg vil sige
> er
> at der findes en *ny* verden
> inden i os.
> Den spirer måske lige
> her
> nær ved hjertets rytme
> hvis vi giver los.
>
> Jeg er arbejdsløs
> du
> men det gør ikke noget
> ærlig talt
> hvis blot vi slår os løs
> du
> tør vælge at turde
> tør smage jordens salt.

- Massen, sagde jeg halvhøjt, du er god nok. Jeg elsker dig. Og så rimer det endda. Og når det rimer, så passer det.

Indhold